彩りの郷にて

山本淳子

彩りの郷にて

桃江は拗ねていた。自分の行く末を無理矢理ねじ曲げられたようで、その拠りどころのないもどかしさが桃江を子供のようにそうさせていた。

「先方さんが、桃江を是非にと言ってもらえるんやで、こんな有り難いことないで。断ったら罰当たるざ」

母親の真知子が半ば脅すように諭したが、桃江は身体を丸め岩のように動かず、全く聞く耳を持たない。そして口だけが動いた。

「本当は学校の先生の所にどうかって話があったんやで？　ほれがなんでざいごの後妻なんかに行かなあかんの。まして子持ちなんて。お父ちゃんは何を考えて言いなはるんやろ。

わてをほんなに早う出してもたいんかな」

　腹立たしさを露わにして遠慮なく真知子に言った。父親には直接歯向かえなかった分、真知子には思いの丈をぶつけていた。

「ほんなことあるかいね」

　気休めに聞こえる真知子の言葉に、桃江は首を大きく横に振りながら、

「ううんわからん、小さい時からわてには厳しかったしな」

　桃江は役所に勤める厳格な父源太郎と、家事や畑仕事に従事する母真知子との次女に生まれた。姉は遠い町の呉服問屋に嫁いで、弟は高等学校を出て郵便局に勤め出したばかりだった。が、いずれは長男として家を継ぐ。だから桃江の嫁入りは必然的で、あちらこちらから話が出ていた頃だった。桃江もそれが当たり前のことと思っていた。

　桃江は近くの機屋に勤めている。ガシャンガシャンガシャンと鳴り止まない大音響、運動会ができるくらいの広い工場の中に、所狭しとぎっしり立ち並ぶ機織りの大きな機械。人絹を織る機械である。その中を桃江ら職工さん達は歩いて回り、糸のほつれを直したり機械の調子などを見て油を注したりと、織機を見て回る仕事をしていた。

　桃江は少しでもお金を貯めて、来るべき日に備えたいと一所懸命働いた。

そして機屋から帰るとすぐに母を手伝って、畑仕事をしたり夕飯の支度をしたりと、また洗濯や掃除もまめにこなして家を助け、花嫁修業にも余念がなかった。

だから自分は結婚するために働いて、家事も一応にやってきたと自負するものが心の隅にあり、いつしか理想の結婚を描き、夢見ていたのだろう。故にこの縁談の話だけは腑に落ちず、行き場のない怒りで、珍しく桃江は熱く高揚していた。そしてついにその晩、意を決して源太郎に不満をぶつけた。

「お父ちゃんは、わてが子持ちの後妻に入ることがほんとに一番いいと思ってるんか？　わてがほんなに憎たらしいんか、ほんなに器量悪いんかな、ほんなに不器用かな」

あれかこれかと喰ってかかり、源太郎の両腕を摑み詰め寄った。対し源太郎は落ち着き払って、桃江の腕をゆっくり離しながら、威厳を持って正論と言わんばかりに話し始めた。

「あほなこと言うな。おまえはまだ若いで、なあんもわからんのや。俺は桃江の将来を見据えて判断したんや。若いうちは苦労もするやろうけどその苦労が報われる時がきっと来るはずや。皆若いうちは苦労するのは当たり前や！　その後が問題なんや」

間髪いれずに桃江は吠える。

「そんなもん誰にもわからんやろ」

「わからん。わからんが先方の婿さんを見てるとそんなふうに思えるんや。あの男はお前を最も大事にしてくれる。そんな自信さえ出てくるくらいや」

　すると、源太郎にかぶりついていた桃江が、それを聞いて少し声の張りを緩めた。が、そんな落とし文句には騙されないぞと言わんばかりに、

「わてにはわからん。会ったことも見たこともないんやで。とにかくそんなとこ嫁きとない！　お母ちゃん、断っといて！」

　桃江は啖呵を切って、腹立たしさに襖で柱を叩きつけるように開け、自分の部屋に立て籠もった。そして布団に頭から突っ込み、叫ぶように泣き出した。自分にはもう理想も希望もなくなった、この世の終わりかと思われるくらいわぁんあん泣き通した。

　いつの間にか真知子が枕元に座っていた。

　女心と親心の狭間で複雑な思いを抱えながらも、掛け布団の上から赤ん坊を宥めるように、優しくとんとんしながら静かに話し始めた。

「桃江の気持ちようわかるざ。お母ちゃんかてわざわざ苦労するようなとこへ、かわいい娘を嫁かせとない。ほんでも先方の清治さんてゆう人なんやけどほんといい人やと思うで。お顔に人柄が出てて。仲人さんどこでおうた時にな」

涙で蒸せた布団の中でしゃくりながら聞いていた桃江は、真知子がここまで言いかけた時知らず知らずに耳を傾け次の言葉を待ち構えた。真知子はそれに気付かず話を続けた。

「いっけい身体してそれをちぃそう丸めて、しっかりと言いなったんやで、『こんな私が大きな顔して言えんけど、死んだ嫁さんを幸せにしてやれんかった分、娘さんを一生掛けて守ります。誓います』って畳にでこひっつけてゆうてなったわ……桃江、そんなことゆうてもらえるなんて女としてこれ以上の幸せあるか？」

「……」

落ちた。桃江の中で何かが落ちた瞬間だった。


昭和二十四年秋。

吉田家の結婚式は、二度目で農繁期ということもあってほんの近い親族とお隣さんだけで執り行われた。

しかし桃江にとっては、初めての晴れ舞台、田の字の座敷の襖を取り払って大広間にし、いた。

式は厳かに行われた。文金高島田に包まれた桃江は馬子にも衣装で美しさに後光が差して
そして胸には、二十歳を過ぎて初めての恋心を抱きながら、まだ見ぬ旦那様との対面を待ち遠しくもあり、将来の不安も大いに抱えながら、胸を大きく膨らませていた。式の間、ちらりと横を見ると大きながたいが邪魔をして顔を窺うことはできなかったが、桃江の胸は高鳴り続けていた。

滞りなく式を終えて、不安と寂しさを抑えきれずに涙を流して見送る桃江に、後ろ髪を引かれながら、源太郎夫婦と弟は帰りの車に乗り込んだ。

車中で真知子が頬に手を当てながら心配そうに洩らした。

「とうとうあの事は話せなんだのお父さん。なんともないやろか、うまくやっていけるんかな桃江、心配やわ」

「俺の目に間違いねえって。清治はんに任せて桃江を信じようでねえか」

源太郎も顔を少し上向かせ、天に祈るような思いで答えた。

式の時にはお互い顔を合わせることがなかった桃江と清治。初めての対面は式がすっかり終わっていた。桃江は不安を抱えながらもまだ見ぬ清治に胸焦がれていたので、うれし

さ恥ずかしさで顔だけでなく耳、首、手までも真っ赤になっていた。そして昨夜、母真知子に教わった通りに、三つ指を突いて深々と頭を下げ、花嫁衣裳を着ての最後の儀式となった。

「これから、末永く宜しくお願いします」

桃江は胸の鼓動がこんなにも大きく鳴るんだと自分自身驚きながらも、白く塗られた甲の手を膝前に落とし軽く三つ指を突いて、ぎこちなく頭を下げた。

「こっちこそ宜しく頼んます」

清治も恥ずかしそうに頭を下げ、初めて言葉を交わした。今日からこの人のお嫁さんになるんだと実感し、憧れの人とやっと対面できるんだと、はち切れそうな胸をこれ以上抑えられないと思ったその時、

「お父ちゃん。きれいな着物やな」

と言いながら、その声の持ち主は桃江の花嫁衣装の振袖を手に取った。

桃江は驚いて顔を上げた。そこには優しそうで、体型のわりには端正に作られた清治の顔と、おかっぱ頭のちょっと不思議な雰囲気の顔をした小さな女の子が立っていた。清治は少し慌てて、子供が持った振袖を「こらこら」と言いながら取り返し、申し訳なさそう

に桃江の腕の横に収めた。

　ああそうだ子供がいた。慌てた桃江はふと我に返って気持ちを固めた。そしてなんて話そうか迷い、とりあえず笑顔を浮かべながら挨拶をした。

「こんにちは、桃江といいます」

　女の子に向かって愛想を言った。女の子からの挨拶はない。代わりに清治が娘を紹介した。

「この子が娘の時子です」

　と言って、挨拶を催促するように、時子の頭を後ろから押した。しかし娘は無視して今度は突拍子もなく、

「お母ちゃんか？　時子のお母ちゃんか？」

　としつこく父親の腕を両手で引っ張りながら問い詰めていた。しかし目線は桃江から離さない。そしてその眼つきは、生気がないというか、少し淀んだ感じで、はしかさが感じられなかった。

　桃江はこの子はなに？　と思いながら、「はあぁ」と上の空で、返事をした。

　桃江のぽかんとした雰囲気に、清治も少し驚いたのか、

「お父さんから聞いてませんでしたか？」

と慌てる様子で言った。

一体どういうこと？　と動揺を隠せず頷く桃江。

これはいったいどうしたことかと思案しながらも、申し訳なさそうに説明しだす清治。

「それは、すまんこってす。この子は早産で出てきてしもうて、産婆の言うことには産後の肥立ちが悪いゆうて……どうしようもなかったと言うことです」

頭が真っ白になった桃江だが、清治はそれを知ってか知らずか、焦る様子で吹き出す汗を指で拭きながら夢中になって話し続けた。

「やっと医者に連れてった時は手遅れだったそうで、命だけは助かったんですが、頭のほうが、やられてまいましたんですわ……」

桃江はその後の清治の話は全く耳に入らなかった。それから自分が、何を言ってどうしたのか全く覚えておらず、ただその晩は布団を被って泣いていた。勝手に妄想して、恥ずかしがっていたあの新婚初夜とやらは、どっかにいってしまった。「なんでお父ちゃんは、なんも話してくれんかったんやろ。わて、どうしたらいいんか、わからんが……」ただただ涙で震えながら朝を迎えた。

清治の家は、山に囲まれた農村で田畑をいくつか持ち、主に父藤吉が農作業に従事していた。清治は農協に勤め、そして妹の京子は来春には隣村に嫁ぐことが決まって勤めを辞めて家事をこなしていた。他に弟がいるが、遠い親戚筋に婿養子で入っていた。そして知能が遅れた時子の四人暮らしだった。清治の母も早くに亡くなり時子の世話は主に京子が見ていた。

もうじき夜が明ける頃、目を真っ赤に腫らした桃江が、まっさらな割烹着を当て、とりあえず台所に出てきた。本来なら新婚初日の一番張り切る時なのに、桃江の気持ちは暗く重く困惑していた。すぐに京子も割烹着の紐を背中で結びながら起きてきた。

「姉(ねえ)さん、おはようございます」

京子は桃江の二つ三つ年上だが、兄の嫁とあって桃江を「姉さん」と呼んだ。毎日農作業を手伝っているせいか、顔や薄汚れた割烹着から伸びるがっちりした腕は浅黒く、適当に束ねた髪は乱れて日常の忙しさを表していた。

「おはようございます」

言葉を詰まらせるように弱々しく桃江は返したが、それから何をどうしていいのかわからず茫然と立ち尽くしていた。それを察してか京子はごく自然に話しかけた。

「畑で味噌汁に入れるなすびでも採りに行こか」

笊と包丁を持って桃江を誘った。よかった。優しくしてくれるわと安心しながら、桃江は言われるままに黙って京子に付いて外に出た。

ちょうど朝日が出始めていて、秋空のうろこ雲を鮮やかな朝焼けが橙色に染めて、二人を迎えてくれた。

その透き通る朝焼けと少し冷たい風に包まれると、桃江は泣き腫らした目を朝焼けに当てた。枯れたはずの目から自然とまた涙が溢れ出た。

しかしそれは昨夜の涙とは違った。心地良い空気が桃江を優しく包み、この村に迎えてくれたように思えた。すると桃江の重く暗いもやもやが少し晴れた気分になり、「わてはここに嫁に来たのだ。清治さんを信じ結婚したのだ。今日からここがわての家なのだ」という思いが芽生え、桃江の実感と決意を表わす涙となった。

京子がいくつかの秋茄子と極太の葱を引き抜いて、包丁で葱の根を切り落としながら、静かに喋り出した。

「なすびはもう終わるけど、これから大根やら白菜、かぶも大きなって畑が賑やかになるわ」

独り言のように優しく話した。そして葱を笊に載せて立ち上がると、京子はまっすぐ桃江の顔を見て今度は勇気づけるように言った。

「この畑は今日から、全部姉さんの畑やで、自分の好きな野菜なんでも作ればいいんやでの。お父ちゃんも手伝ってくれるし」

語気が少し強くなった。突然の桃江に対する京子の歓迎の言葉だったので、桃江は驚きながらも嬉しかった。また励ましに聞こえて少し勇気が出てきた。そして頼れる味方になりそうだと心強く思った。

二人が台所に戻ると、奥から机のような物を抱えながら藤吉が出てきた。桃江は少し気を張らしながら挨拶した。

「おはようございます」

「おう、おはようさん」

藤吉は軽く返して、持っていた机を桃江の前に置いた。何事と思い藤吉の顔を見ると、藤吉は黒く日焼けした顔に、更に黒い皺の線を歪めうれしそうにそれに答えた。

「お前さんの新しい生活をこの新しい座卓で始めてほしいと思うてな」

藤吉は誇らしげに言った。

京子が少し感心したように口を挟んだ。

「お父ちゃん、前からなんかこつこつ作ってたもんの。これやったんか」

それは縦横三尺ほどの座卓だった。柿渋で何度も重ね塗りをしたのがわかるほど、赤茶けた色むらのない丁寧な仕事ぶりが窺えた。

桃江は自分のために作ってくれたとわかると思わず「わあ」と顔に明るさを広げて、両手を座卓の端に置いて前に座った。

昨夜の桃江の落ち込んだ表情を見て心配していただけに、藤吉はこの喜ぶ桃江を見て、少し安心したのか機嫌よく話を続けた。

「このうちのもんは何から何まで全部お前さんのもんや。桃江が思うように、勝手が良いように使えばいい、遠慮せんでいいでな」

名前を呼んでくれたうれしさも加え、この家の全てを来たばかりの自分に捧げてくれた、全信頼を傾けてくれた藤吉の優しさに、桃江は込み上げてくる涙を堪えるのに辛いほどだった。

そこへ清治が身支度を整えた時子の手を引いて奥から出てきた。桃江は緊張が走り少し身構えて二人に挨拶をした。

「お、おはようございます」

言葉に詰まって微笑む桃江に、時子はまだ幼いせいもあって飛びつくように近づき、桃江の左手を両手で摑み甘えて言った。

「なあ、時子のお母ちゃんか？　お母ちゃんやろ？」

無邪気に哀願するように、今度は桃江の顔を覗き込みながら直接聞いてきた。時子はもう五つになっていたが、まだおむつがとれないでいた。一見して普通の幼い子供と変わらない様子だが、よく見るとやはり顔からは生気が抜けたように見える。やはり普通とは違うんだと、桃江は確認した。

突然の時子の絡みで、まじまじと時子の顔を見ながら言葉を失い戸惑う桃江に、清治が時子の手を取りしゃがんで言った。

「時子、桃江さん困ってるが。はよ顔あろうてこ、な」

宥めるように話をそらし、桃江に苦笑で目配せして、時子を急かすように台所を離れた。

がっちりした男が、不器用に小さく丸める背中には、時子と桃江に対する優しさが窺えた。桃江は突然の時子の甘えに、戸惑いを隠せず快く返事をしてやれなかった後悔とこれからの不安で立て直しかけた心がまた折れた。

しかし清治も藤吉も農協や農作業が忙しく休めない。桃江の迷いや戸惑いを思案してくれる暇はなく、朝食の後桃江は清治を見送ると、京子に家事を教わりながら、朝のやるべき事をこなして時子を連れてすぐに稲刈りに出かけた。

三人が田んぼに着く頃には、既に村のあちこちで稲刈りに出ていた。ゆきかう人に桃江は、じろじろ見られて恥ずかしくも会釈で挨拶をした。代わりに京子が、

「兄ちゃんのお嫁さん、桃江さんていうんや、よろしくです」

と紹介をしてくれ、桃江はこの村の一員になった。

藤吉は既に腰を曲げて稲を刈り、稲の柱をいくつも作っていた。

刈った稲を一束ごとに体を起こして、腰に備え付けた藁の束から、二、三本を引き抜き、その藁で稲の束をくるりと回して束ねた。稲の穂先が空中で、円を描くように翻る。その鮮やかな稲捌きは、桃江に感心と感動を抱かせた。そしてその束ねた稲を、刈った後の切り株が並ぶ所に、穂を下にして柱のように突っ立てた。

見た通り全て手で刈る重労働は、桃江にとって初めての稲刈りでもあった。故に体力の限界との挑戦でもあった。見様見真似で、ただがむしゃらに身体を動かせば、若い桃江でもすぐに腰が痛くなった。吹き出る汗と埃で、首から下げた手拭いは、じっとりと煤けた。

その間、時子は近くで遊んだり、敷いたムシロに座って蒸かした芋を食べたり寝転んだりしながら、わりと静かに待っていた。

しかし口が重くしゃべりが上手ではない時子は、その分かんしゃくを起こすと手に負えない。何か叫びながら仰向けに倒れ、手足をばたばたさせ、辺り構わず泣きわめいては周りを困らせたりもした。

そんな時京子や藤吉は、「はいはい」とか「どしたんや、もうちょっと待っとれや」と宥めながらも鎌を動かす手は止めなかった。また機嫌が良い時は極端に喜びを露わにする。喜怒哀楽が激しい幼児であった。しかしまあ幼い時はみなこんなものなのかもしれないと桃江は思って見ていた。

やっとの昼休みの頃には、桃江は時子に目を向ける気力が全く出なかった。

弁当は畔の土手で腰を下ろし、薄汚れた手拭いで手を拭き塩むすびを頬張った。おかずは夏に漬けてあった瓜の奈良漬け。それだけだが、それが堪らなく旨い。桃江は、稲刈りってこんなにごはんを美味しくしてくれるんだと感心さえしながら、麦茶を一気に飲み干した。

京子は時子のオシメを仕替えながら、時子の話し相手をしては、笑顔で愛情を注いでいた。その様子を見て桃江は、「わてには、ここまでの体力も愛情も持ってすることはできんわ。血も繋がってないんやし」と諦め混じりの大きな溜息をついた。

三人は土手で横になり少し休むとまた稲刈りに勤しんだ。桃江だけでなく皆、腰を叩きながら黙々と働いた。

そして今度は、突っ立てられた稲を集めて、干し作業にかかった。田んぼに竹で組み立てられた、高さ十段はある「はさば」に稲を二つに割って掛けて干した。

昼過ぎ、お茶を飲んで一休みしていると、農協から帰宅した清治が、着替えて稲刈りを手伝いにやって来た。桃江は突然胸が躍った。昨日初めて会った人なのに、こんなに待ち焦がれていたのかと自分でも驚くくらいにドキンと胸を打った。

時子が「お父ちゃんや」と言いながら、真っ先に清治に駆け寄り絡み付くと、清治は自然と時子を抱え上げ、まっすぐ桃江のそばに寄って来た。そして少し照れくさそうに優しく言った。

「ご苦労さん、ただいま帰りました」

その言葉に桃江は、涙が出るくらいうれしかった。その言葉を今まさに欲しかったのだ。

「お帰りなさい」

桃江は満面の笑みで迎えた。

それからまた、家族総出で「はさば」に稲を掛ける作業を続けた。桃江は清治の優しさのお蔭でここまで頑張れたと思った。

お寺の鐘がゴーンと五時を告げると、桃江と京子は時子を連れて先に帰った。桃江は先ず風呂の窯に火を入れ始める。枯れた杉の葉にマッチで火をつけ、窯に折って入れた小枝の間にその種火を入れた。しばらくすると火はその小枝に燃え移り、パキパチ音を立て炎は徐々に大きくなってきた。そこに今度は斧で割った薪をくべて更に炎を大きく燻らせていった。桃江は二度として同じ形を作らないその炎を見ているのが好きで、疲れ果てているのか、ただ無心に自分の顔が熱くなるのを感じていた。

それから夕飯の仕度にかかっていた京子を手伝った。朝作っておいたじゃが芋と玉葱の煮物、茄子や胡瓜の糠漬け、打ち豆と葱の味噌汁を作った。そして主菜は、鯖の塩焼き。時折浜から行商でお婆さん達が、リヤカーを引いて売りに回ってくるのだ。

家の中に赤く差し込んでいた夕日もいつの間にか沈んで、どっぷり闇に支配されようとしている頃、手元が見えなくなって帰って来た藤吉と清治は次々に風呂に入る。時子の手を引き清治が風呂から上がってくる頃には、食卓には既にご飯も味噌汁もよそわれ、他の皆も座に着いていた。色取りの暗い殺風景な食卓だったが、煮物の芋には味が浸み、味噌汁も大豆の甘さが出ていて皆が美味しそうにほっぺたを膨らませた。

時子も自分で食べることはできるみたいだが、甘えているのか無言で糠漬けの胡瓜を指さして、これを食べたいと意思表示をした。

それを清治が「これか」と言いながら胡瓜を箸で一切れ摘まんで時子の小さく盛られたご飯の上に「さあ」と言いながら乗せた。

それを時子は黙って、可愛らしいプラスチック製のピンクの箸で、ご飯と一緒に口の中に押し込んだ。当然ご飯粒は飛び散り、時子の頰に、よだれ掛けに、お膳の上にと広がった。すかさず京子が、

「時ちゃん、もすこしゆっくり食べんとあかんが、ほらいっぱいこぼして」

と言いながら、散らかったご飯粒を摘まみ集めた。集めたご飯は、時子の茶碗に戻された。

桃江は、これからこの役を自分がするのだと思うと気が重くなったが、慣れなくてはと自分に言い聞かせた。

桃江は家族の最後、終い湯に浸かってやっとその日の汚れと疲れを落とすことができた。日中の汗と稲に触れた時のチクチクとした痛痒さを薄暗い五右衛門風呂で洗い流して、ようやく一日が終わった気分になれた。湯船に浸かりながら、桃江は長い一日を振り返っていた。疲れた。心身ともに疲れ果てた。嫁入り前の手伝い程度の家事とは比べ物にならない。これが明日も続くのかと思うと、十日程したら私は死んでしまうかもしれんわと不安になった。

しかし朝から晩まで必死で働く中で清治は優しく接してくれた。桃江は思い出し笑みがこぼれ、顔にお湯をかけるように洗った。また時折見せる時子の純真無垢な笑顔や突拍子もない言葉に周りが笑って、自分自身も心が和んだ。桃江はこれは母性本能なのか否かと考えた。そして時子ちゃんはわてを好きになってくれるだろうかとまた不安になり、湯船から小窓を見上げた。ちょうど雲のないきれいな月がこちらを覗いていた。今夜の月は下弦の月で、ちょっと情けない自分にぴったりの形だなと桃江は苦笑いをした。

桃江が恥ずかしそうに部屋に入り布団の脇に座ると、清治と時子は既に布団に入っていたが、清治は身体を起こして正座に直った。桃江ははっとして身構えた。そして清治は両手を膝に載せて、桃江を気遣った。

「今日はほんとにご苦労さんやったの。疲れたやろ」

桃江は、洗い髪を耳に掛けながら微笑んで答えた。その笑顔を見て清治も照れるように続ける。

「秋と春はこんなもんで毎日忙しいけど、それ以外特に冬はゆっくりできるんやわ」

それを聞いて、これで死ぬことはないやろうと桃江は少し安心した。そして今度は身を引き締めて、清治は時子の寝顔に目を落としながら次に進めた。

「時子は一生まともになることはねえし、一生このうちに居ることになる。つうことは、一生俺らと一緒に居るっちゅうことや」

清治のぽつりと言った、険しいともいえる現実の言葉に、桃江ははたと気づかされた。そして自分が試されていることにも。桃江は下を向いて固まってしまった。しかしそれを救うように清治は優しく言葉をかけた。

「なんも今すぐにでも時子の母親にならんでもいいんや。時子は家族みんなで育てようと思ってるんやし、桃江さんは気持ちを楽にして家事をしながら時子と友達みてえにしてればいいんや。不安になることもあるやろうけど、なんも心配せんでもいいんやで」

清治は努めて明るく話した。そして仕切り直すように、正座を直し改めて言った。

「そんで俺の嫁さんとしてこのうちにいてくれんかの？」

桃江はこの言葉を待っていたのかもしれない。

男の人からの正式な求婚。

その言葉でようやく心が解けたのか、桃江はやっと口を開いた。

「わて、正直、やっていける自信もないし不安ばっかりや……ほんでもお義父さんも京子ちゃんも優しくしてくれるし、そんで時子ちゃんは今はまだ慣れんけど好きになれる気がします。わて清治さんのお嫁さんになろうと決めて、このうちに来たんです」

下を向きながら話していたが、いつの間にか桃江の顔はまっすぐ正面の清治の顔を見て声を張っていた。

初めて清治と桃江の思いが一致した。そして清治は静かに桃江の手を取った。

週末になると婿養子にいっていた清治の弟が、嫁を連れて稲刈り稲干しの手伝いに来てくれた。そして桃江の両親も今年から加わることになった。やれお茶だ、昼ご飯だ、時子の世話だと張り切る桃江の姿を見て、源太郎も真知子も安堵の気持ちを抑えきれず、稲刈る鎌に力が入った。

稲干しが済み、それが乾くと脱穀をする。足踏みの脱穀機を使い、くるくる回しながら稲から穂の籾をこそげ取る。家の前一面に広げたむしろに籾を広げてもう一度天日干し。そして更に唐箕（とうみ）と呼ばれる箱型のうす摺り機の中に完全に乾いた籾を入れ、風を送り込んで、籾殻やごみを吹き飛ばしてここでやっと初めて米粒になる。ここまでくるとようやく実りの秋に実感が湧いてくる。桃江ばかりでなく、藤吉も清治も安堵の顔になり苦労の甲斐あって豊作の喜びに変わる。そして米を麻袋に詰めて農協に納めた。

この受難の時期を何とか乗り越えた頃には、桃江もすっかり吉田家に馴染んで京子に習いながらも家事を率先してこなしていた。

ある日の夕方、桃江はすっかり懐いた時子を近くで遊ばせながら、畑で藤吉と冬に漬ける大根や白菜の話をしていた。そこへ清治が一本の細い木を持って帰り、それを桃江に突き出して言った。

「これ何の苗木かわかるか？」

一呼吸置いて、答えを待たずに続ける。

「お前さんの木や」

「えっ？　わて？　あっ桃の木？」

桃江はすぐにそれが自分の名前からくるものとわかったが、特にそれがどうしたという気持ちはなく、清治の次の言葉を待った。清治はにこやかに、ひとり楽しむように言う。

「来年の春には根が付くように、庭に植えようと思うて」

うん、ううんとまだ桃江は清治の思い入れを理解できずに、言われるままに庭の目に付きやすい所に桃の苗木を二人で植えた。記念の植樹に桃江もうれしくなってきた。時子はその根元の土をトントン叩いて、はしゃいでいた。植えたばかりの桃の苗木の先端に赤とんぼが止まり、桃江は無意識に人差し指でくるくる渦を巻きながら近寄った。赤とんぼはそれに気づき、はしかく飛んでいったが、またすぐに別の赤とんぼが止まった。今度は桃江の頭にも他の赤とんぼが止まった。それを見た清治と時子が指をさし笑った。桃江も照れるように笑うと、とんぼは飛んで逃げて行った。そして清治は時子の肩に両手を当てて静かに話しかけた。

「時子、この桃の木はな、お母ちゃんの木や。まだ植えたばっかりやで毎日水やらんと枯れてまうんや。ほやさけ今日から時子が毎日水やってくれんか、草が生えたら取ってな、頼むわ。それが時子の大事な仕事や。わかるか？」

「うん時子水やる、草とる。時子の大事な仕事や」

時子は理解してか否か反復して言った。

藤吉も目を細めながら言った。

「時子、よかったな仕事もろうて、ちゃんとできるか？」

からかい半分で時子を慈しむように促した。

「うんできる」

初めて大事なことを仰せつかった喜びか、時子はやる気を誇示するように答えた。そしてはしゃぎながら早速京子に教わりつつ、タライにポンプで井戸水を汲み桃の苗木の根元に恐る恐る流した。盛られた土はその水を待っていたかのように瞬く間に染み込ませていった。その様子を見て時子は眼を輝かせていた。

時子に、自分で世話をした桃の木が成長していく様子を見て、自信と生きがいを持って欲しいと、家族はささやかながらにも祈るように見ていた。

そして清治は、桃の木の根元を観察するように見ている時子の小さな背中に手をやり、しゃがんで静かに話し始めた。

「時子、このお母ちゃんの木はな、時子が大事にすればするほど、大きいなって桃の花が咲く。そんで実になる。時子が大事にしてくれたお礼にうまい桃をお母ちゃんの木は食べさせてくれる。わかるか？　もちろんお父ちゃんもこの木大事にするでな」

清治はそう言いながら時子の背中に置いた手を軽くぽんと跳ねさせた。

時子はわからないままでも、

「桃ってうまいんか、食べる食べる」

周りを笑わせながらも続ける。

「時子お母ちゃんの木大事にする。お母ちゃんの木は、時子の木や」

無邪気にこぼす時子の的を射た言葉が、今度は周りを感動させた。

また桃江はやっと、清治の自分に対する愛情や時子との絆を深めようとしてくれる優しさに触れ、胸がいっぱいになった。そして茜色に染まった空の下、縦横無尽に乱舞する赤とんぼの群れと綿毛のような穂の芒の匂いの中で、家族の絆というものを感じて幸せというものに浸っていた。それは桃江だけではなく、家族皆が思い願うものだった。

秋も深まると農作業は暇になった。しかし来春には京子が嫁に行くということで、今度はその仕度がにわかに忙しくなった。嫁入り道具は三方が桐の薄板で張られた三方桐の箪笥一竿と、布団二組を入れた夜具箪笥、そして自分の茶碗やお椀、箸を入れた箱お膳。それから桃江も嫁入りに持参した脚踏みミシン。これは桃江が是非にと勧めた女ならではの道具であった。そしてなるべくお金をかけずにと、普段着の着物や布団は手縫いですることになった。桃江は中等学校時代お針を得意としていたので進んで手伝いを申し出、楽しくて仕方がない様子だった。また京子の母親代わりと思い張り切って縫い物をした。

敷き布団二枚に掛け布団四枚、そのために大量の中綿と布を買い込んで来た。そして玄関土間から台所、居間にまで広がる三十畳はある黒い板の間に人絹の綿を広げると、二人で寸法を調整しながら綿を引っ張った。時子も参加したがり、綿の上に寝ころがろうとしては二人を煩わせていた。周りに白い綿埃がふわふわと踊り出てくると、時子を遊ばせてくれた。

桃江と京子は黙々と針を進めながら、時にはお互いの幼少話を紹介し合ったり、京子の花婿の話で笑いが飛び出たりと、男衆には到底入り込めない空気を作っていた。時子も二人が仲良くしているのが羨ましいのか、桃江の膝の上に座ったり、京子の首に後ろから両手をまわして甘えたりして二人の針仕事の手を止めていた。

そんな中、ふと桃江は夢から覚めたように突然京子に、気持ちを切り替えて呟いた。

「京ちゃんが、お嫁に行ってしもたら……」

下を向いたまま不安を募らせて愚痴を洩らし始めた。

「わて、時子ちゃんをうまく育てていけるかな、わてどうしたらいいんかわからんわ。自信ないが、どうしょ？　清治さんは、友達みてえに接してればいいってゆうけど……」

桃江は結婚以来、一度も時子に対する愚痴は口にせず、嫌な顔さえ表に出さなかった。それを出したら優しく接してくれる清治に申し訳ないし嫌われたくない。また家族を落胆させたくないと一人思って封印していた。それが桃江は、言うつもりもないことを気が緩んで、ほろりと出してしまったのだ。しかし京子は桃江のその言葉を聞いて、ほっとしたように言った。

「姉さんの心配は当たり前やわ。時子は普通の子とは違う。これからずうっといっしょに暮らしていかんとあかんのや。不安にならんのがおかしいもん」

桃江の心中は全て理解していて、同調してくれた京子に桃江は安堵の気持ちを抑えきれず、針を運ぶ手が震えて思わず目が潤んできた。更に京子は桃江を喜ばせる。

「姉さんの気持ちはあんちゃんもお父ちゃんも皆ようわかってるつもりやで。なあも心配せんとおきね。うちに来てくれた姉さんには皆感謝してるんやで」

「ほうかな」

少し心和らぐ桃江に京子は手を止めて、今度は助言するように話し出した。

「わても初めは不安で、いつもあの子の事ばっかり見てると自分までおかしなるって思ったわ。ほんでもふっと思ったんやわ。この子にも自分の世界があるって。誰にも邪魔されとない時子だけの世界。そう思ったら少し気が楽になったんやわ。そんでその世界に入り込んでる時とか、腹立てて泣き喚いている時なんかは、ほっとけばいいんやわ。おむつも面倒くさい時は後回しにすればいいし。ああしろこうしろって言っていやって言ったら、そうかって言って無理強いせんとけば、だいぶ気が楽になるざ」

さばさばと話す京子に、桃江は思わず尊敬の念を抱いた。そして桃江にとってはまだまだ不安は拭えないものの、時子の存在を尊重することを覚えた瞬間でもあった。

そんな二人の思いが重なって二人は同志のようにさえ感じながら、針を運ぶ手にも力が入った。それからまた着物の柄や縫い方を話し合ったりしながら、時々笑いをこぼして楽しげに針が進んだ。

「姉さん上手に縫ってくれるし、進むのはかどるでほんと助かるわ。おおきにの」

思い以上に桃江が張り切るので、京子だけでなく清治や藤吉も感謝しつつ喜んだ。時子までがその雰囲気を感じ取り、浮かれて踊るように大袈裟に身体を動かしたりした。そこには、まさに幸福を象徴させる家族の在り方があった。

いつしか赤茶色に染まった柿の葉もすっかり散り落ち、秋時雨で濡れ落ち葉になると、朝方には霜が降りて、腐葉土になりつつあるその落ち葉を凍らせた。

桃江達家族も素足ではいられなくなり、毛糸の靴下を履かずにはいられなくなった。また白菜や沢庵の漬け込みにも精が出た。凍てつく冷たい小川の水で、大根を洗う桃江と藤吉の手は真っ赤に膨れ上がり、桃江は毎晩しもやけの手を掻きながら、家事をこなしていた。

そのうち白菜を漬けた重石の隙間から水があがり、しばらくして沢庵からも水が上がってきた。それらを確認すると藤吉は、まずまずといった表情で、桃江に「楽しみやな」と言って微笑んだ。

その頃には、重く分厚い灰色の雲が白い物をちらつかせて来た。いよいよ冬本番かと桃江は溜息をついて、藤吉に教わりながら漬けた漬物の蓋をした。そして空を見上げ、気を引き締めた。

みぞれ交じりの雪が降り始めた頃、雪雷様がゴロゴロンピカと太鼓を鳴らしてやって来た。「雪の到来」と言わんばかりに派手に猛威を振るった。家の中でもヒュウヒュウと風の雄叫びを響かせ桃江らを怯えさせた。家中の隙間から、たとえ薄紙一枚の隙間でも粉雪が吹き込み白い足跡を残した。その夜は家族みんなが一つの小さい豆炭の炬燵にうずくまっていたが、ラジオも電波が届かず藤吉は早々に床に入り、京子も今日は針仕事をする気になれないと言って、月刊誌を持って部屋に入った。桃江は唸る吹雪に怯える時子を膝に抱きかかえ、清治と隣り合わせで鎮座して動かなかった。

桃江の胸の中で時子が心配そうに言った。

「お母ちゃんの木も寒いやろうな、寒うて死んでしまわんかな」

清治と桃江はすっかり忘れていたが、時子に気付かされて顔を合わせた。そして今度は互いの目を見ながら微笑んだ。桃江は自分達が思っている以上に、時子は賢く優しいのかもしれないと思った。そこで清治が言った。

「ほんとやなあ、時子心配やな」

と言いながら時子の頭をこするように撫でた。

桃江は笑顔で見ている。清治は続けた。

「ほやけどな、心配せんでもお母ちゃんの木は死なんぞ。雪ん中で寝ながら寒いのを我慢してるんや。ほんで春になって雪が融けたらちゃあんと芽出してくれるでな」

静かに聞いていた時子が、「ほんまに？」という顔で頭を起こした。それに桃江が続けた。

「雪降る前に時ちゃんが毎日世話してくれたで、春になったらきっと元気に芽出してくれるわ」

二人から太鼓判をもらった時子は安心したのか、嬉しそうにまた桃江の胸に顔をうずめた。

桃江は時子のまだ小さな背中を優しくトントンしながら、ゆっくりと昔話を始めた。

「むかしむかしあるところに、おじいさんとおばあさんがすんでいました。おじいさんは山へしばかりに、おばあさんは川へ」

と言いかけると、

「しばかり……」

時子が話の腰を折って、納得いかない様子でぽかんとした。

「木を切りにいったんやと」

桃江は驚きもせず自然に答えた。そしてまた話の続きを始めた。

そのまるで親子のように話す二人を見て、清治の胸は熱くなり思わず口に出た。

「こんなひと時が欲しかったんや」

桃江も同じ気持ちではあったが、突然の清治の涙声に驚き、昔話が止まった。時子はうつらうつらとして聞き流していたが、話が中断されて一旦目を開けたものの、睡魔には勝てないのかまた目を閉じ始めた。そして清治はぽつりぽつりと話し始めた。

「時子の母親とは結婚してひと月も経たんうちに、戦争に行ってもたんや。衛生兵として毎日毎日運ばれて来る負傷兵を見ながら、そんで又次々に死んでく仲間を見送りながら、自分も生きて帰れんかもしれん。いつになったら帰れるんやろ、と震えながら戦地にいた時のこと思うと、今は天国にいるんてなもんや」

清治は過去の忌まわしい情景や感情を思い出したのか、両手で顔を上下に摩り始めた。桃江は察して無言で清治の背中を強く摩った。

時子はやはり中断された昔話の続きが気になるのか、また目を開け桃江の頰に手をあてせがんだ。清治は時子に気遣い、いや桃江に気遣ったのか時子を桃江の膝から離して抱きかかえた。そして、

「よしよし今度はお父ちゃんが抱っこしてやる」

と言いながら今度は清治が時子の小さい背中をトントンした。桃江は時子の気を反らすように言った。

「よかったな時ちゃん、お父ちゃんの広い膝に座れて、楽チンや」

時子は二人の暗黙の作戦に乗っかって落ち着いた。それを見届けると清治はまた話を続けた。わかっていたように桃江は黙って聞いていた。

「なんとか命落とさずにやっと帰ってこれたら、こんな状態やった。死んだ嫁にはほんと可哀そうなこととした。申し訳ないのと不憫でならんのとで、ほれに時子までこんなめにし

てもて。いっとき、おとっちゃんを責めたな。当時医者も薬もねえってことぐらいわかってはいるんやけど。家族にも自分自身にも腹が立ってどうしようもなかった」

過去の自分を恥じているように清治は下を向いたまま時子を揺らした。時子はもう眠っていた。

相変わらず無言の桃江だが、清治のやるせない気持ちが十分に伝わり、下を向いたまま一つため息を漏らして、両手を炬燵の奥に潜らせた。

しかし清治は、今度は顔を少し起こして言う。

「ほやけど、いつまでも腐ってばっかりいられんのやわ。家族で力合わせていかんと生きていかれんし、死んだ嫁が命をかけて残してくれた形見をちゃんと育てていかんとあかんと思って、心入れ替えんとあかんと思ってな」

包み隠さず心の内を話してくれる清治に、また亡くなった前妻さんに敬意を持っている清治にも、桃江は何故か安心して、惜しみない愛情を清治に注ぎたいと強く心に思った。

そしてやっと口を開いた。

「そんで、わてここに来てよかった?」

と少し意地悪っぽく微笑みながら、清治の顔を覗いた。清治は冗談っぽくしかし照れな

がら、

「当たり前や、大当たりや」

と素直に言って、桃江を喜ばせた。そして寝ている時子を膝に抱えながら、清治は桃江の肩を片手で抱き寄せ頬と頬を合わせた。

大暴れした雪雷様は気がすんだのか朝方には帰って行かれた。家の中の板の間に吹き込んだ粉雪を桃江達はほうきで掃き取り、外では男等が、さらさらの粉雪をばんば（雪掻き用のスコップ型の板）で払うように足場を作った。

その内、雪はふわふわの綿雪となり、本格的に深々と降り続けた。玄関や縁側、窓を塞ぐほど積もると日中でも家の中は薄暗く、雪掻きも家族じゅうの欠かせない大事な日課となった。屋根にも背丈以上の雪が積もり、藤吉は日中の晴れ間を待って、スコップを手に屋根に登った。

桃江は、屋根の上から雪をほうり投げる藤吉を心配そうに見ていたが、しばらくして、

「お義父さん、わても登っていいか？」

とやる気満々で言った。そして藤吉の「危ねえでやめとけ」の言葉も聞かずに桃江は合羽ズボンを履いてさっさと登って来た。呆れる藤吉を横目に桃江は、スコップで雪に切れ

目を入れ、それをすくい取り下の方に向かってほうり投げた。

「滑らんように気をつけろ。瓦を割らんように、スコップ当てたらあかんぞ」

藤吉はやれやれと思いながらもうれしそうに桃江に注意した。

冬場藤吉は、小屋に一杯に詰め込んだ藁を使って、少しずつ手で擦り回すようにして縄を綯った。その見事な手さばきは、縄の均等な太さと締まり具合が物語っていた。それを農協に出してわずかだが収入を得ていた。

時折冷たい雪が降っていても、何故か寒が緩み、ほんわり暖かみさえ感じる時がある。雪が全ての音を吸収し、無音の世界に包まれたような。そんな夜は桃江と京子の針仕事がどんどん進んだ。夢中になり過ぎ、夜中をとうに過ぎてしまった。京子は疲れた首を回しながら、お先にと部屋に入って行った。桃江は一息つこうと肩を片手で揉みながら外に出た。そこは全くの別世界だった。雪は既にやみ、見たことのない大きな満月が白いはずの雪の平野を照らし、青白い夢のような国を創り出していた。桃江はその時だけは寒さも忘れ、茫然と立ち尽くすようにその世界に見とれていた。

もう寝ないとと、急ぎ床に入ると清治が気付き、言葉をかけてきた。

「遅うまで頑張ってるな。寒いで足あっためてやるで、こっち来い」

と優しく布団を上げて招いてくれた。桃江は清治の胸の中で自分の身体が温まっていく幸せを感じながら眠りに就いた。


師走も押し迫るとほんとに慌ただしくなった。清治と藤吉はこれからの深まる冬に備えて、薪を作りに雪山に入って行った。京子は自分で編んだセーターとマフラーでおしゃれをして、友達と買い物にいそいそと出かけて行った。

残った桃江は、初め雪掻きをしていたがそれに飽きて、雪掻きをして山になった雪にスコップで穴を空けだした。そして時子に、

「かまくら作ろか」

と言いながらどんどん掘って二人がやっと入れるくらいの穴になった。時子は大はしゃぎで「かまくら、かまくら」と言いながら、入ったり出たりしていた。

かまくらに夢中になっている二人の背中で、突然野太い声が聞こえた。

「ほう、あんたが後妻に来た嫁さんかい」

明らかに悪意を含んでいそうな言い方に、桃江は驚きおののきながら振り向いた。そこには菅笠を被り、その下からは皺だらけの浅黒い顔を覗かせ、背中には、ばんどりと呼ばれる蓑を垂らした年配の男が立っていた。

咄嗟に桃江は時子を自分の足元に引き寄せた。すると男は、今度は全く別人のように、笠を取りながら時子に向かってしゃがんで言った。

「ああ時子元気やったか、また大きいなったなあ」

愛おしそうに、その男は目を細めて時子の頭を撫でた。時子は無言だが、全く恐れてはいない様子だった。

そしてその男は、持参した大きな巾着袋の口を緩めると、

「ほら、時子の好きなお菓子がいっぱい入ってるぞ」

と言いながら、巾着袋の中身を時子に見せるようにして、中からドロップ飴のカンカンやかりんとうの袋を出して見せた。

当然時子は、「わああ」といっぺんに顔が明るくなった。そして待ちきれずにカンカンを持つとガシャガシャと振って、開けて欲しさに男にせがんだ。すると男は機嫌よく「飴たべるか」と言いながらカンカンの蓋を取って、中で転がし一粒を出した。黄色のパイ

ナップル味の飴だった。時子はまた「わああ」と目を輝かせ、その飴を手に取り一息見つめて、口の中へと運んだ。そして飴を舌で転がし始めると、満面の笑みを浮かべて、肩から上を横に揺らして喜びを表した。

「いっぺんに食べたらあかんぞ、腹壊すし、虫歯になってまうでな」

と言いながら、男は時子の腹とほっぺたを愛おしく摩った。そして最後に時子の鼻頭を摘まんで「おいっ」と愛嬌をふり、精一杯の愛情を表現していた。

桃江はその情景をぽかんと見ていたが、悪い人ではなさそうだと思った。

しかし男は立ち上がると、また強面に形相を変え、

「藤吉はんか清治はんはいるんか」

唐突に桃江に聞いてきた。誰もいないと告げると、男は桃江に向かって一歩前に出た。

桃江は少しのけ反り顔を引きつらせた。そして男は言った。

「あんたも物好きやの、ようこんなうちに後妻に入ったなあ、このうちにいたらもしかして、あんたも俺の娘みてえに殺されるかもしれんぞ」

男は不気味な笑みさえ浮かべている。

桃江は「殺される」の言葉を聞き、背中に戦慄が走るのを感じた。そしていっぺんに恐

怖心が息を詰まらせた。

「あっ、あのう」

やっとこぼした言葉に、今度は怒りを桃江にぶつけるように続けた。

「あの藤吉は俺の娘を、病気で辛うて苦しんでる娘を放ったらかしにして、殺してしもうたんやぞ。おまけに孫の時子まで、こんな頭にしてもて」

悔しそうに最後の言葉は声にならなかった。そして時子の頭を愛おしそうに撫でながら、男は涙を堪えるように、鼻をすすった。

桃江はやっと状況が呑み込めたが、ぐうの音も出てこなかった。ただこの人は、心の底から藤吉を恨んでいることだけは理解できた。

そして男は、気持ちを切り替えて桃江に言った。

「二人が帰って来たらゆうとけ、まだ今年家に挨拶に来てえんぞって、ちゃんと娘の仏前に土下座しに来いって。新しい嫁もろたら忘れてもたんか」

感情を剝き出しにして吐き捨てた。

それは桃江の胸に突き刺さった。この人の怨念といっても過言ではない言葉が桃江の胸を射止め、苦しみを与えた。

男はまたしゃがんで一変し、笑顔を時子に向けた。そして飴を舐めながら、ドロップのカンカンを嬉しそうに振っている時子の両肩に手を置き、目を細め一層皺くちゃにして言った。

「ほなら、爺ちゃん行くわな。またお菓子持ってくるでな。元気にしてるんやぞ」

そして、お菓子で膨らんだ巾着袋の紐を時子の手に持たせた。全く別世界にいる時子は雪の上に置かれた巾着袋の口から顔を突っ込むように覗き、他にお菓子を見つけるとまた「わああ」と一段と喜んでいた。

その時子の仕草を愛おしそうに見定めると、男は「ちゃんとゆうとけ」と桃江に投げつけ、帰って行った。

桃江は結局何も言えずに、突っ立ったまま男を見送った。そして関係ないはずの自分までが恨みの対象になってしまったのだと気が付いた。怖かった。意気消沈である。

対象的に時子は、うれしそうに男にバイバイをした。男は振り向き時子にバイバイと手を振った。

その日の恐怖は、清治達が帰ってきても、桃江は言えないでいた。しかし時子がたくさんのお菓子を見せびらかすように広げていたので、さすがに隠しようがなかった。桃江は、

「亡くなった前の奥さんのお父さんが、きなって、時ちゃんにぎょうさんお菓子持ってきなったんやわ」

それだけを平静を装いさらりと言った。

すると囲炉裏の傍で胡坐をかいていた藤吉も清治も時子が広げたお菓子を見ていた京子までも、驚いた様子で一斉に桃江を見た。

そして清治が代表して、桃江に急かすように言った。

「桃江、加藤さん、なんかゆうてたか？　なんか嫌なこと言われんかったか？」

桃江はあの人は、これまでもこの家族に恨みを抱いて、少なからずあのような罵声を浴びせていたのだと悟った。しかし桃江は、悪態をつかれたことはどうしても言えなかった。自分でもわからなかったが、そんなことでみんなからの同情を買いたくなかったのかもしれない。それにあの父親の心中を思うとかばいたいという気持ちにもなった。ただ前妻さんの仏前に手を合わせに来て欲しいということだけを伝えた。

しかし彼らは、そんな穏やかな物腰ではないことぐらいわかっていた。

しばらくの沈黙の後、藤吉が囲炉裏の炎をじっと見つめながら落ち着いて言った。

「サダコさんの命日一昨日やったな、わしとしたことが……」

一昨日が命日だったのかと、桃江も知らないとはいえ心が痛んだ。

「明日早速、行ってこうか、お父っちゃん」

と清治が静かに誘った。藤吉は暗黙のうちに通じていた。

桃江は、明日あの人の家に行って、二人で土下座をするのかと思うと、なんだかやり切れなかった。が加藤の傷ついた親心を思うと、それもまた、胸の奥が締め付けられる感じがした。

翌朝、綿雪がふわふわと降っていた。藤吉と清治は米や大根、白菜を背負ってあの加藤の家に出かけようと長靴を履いていた。重い気持ちで見送ろうとしていた桃江だが、我慢できずに二人の背中に叫んだ。

「わても行く。わても連れてってください。時ちゃんも連れて一緒に行きたいんです」

当然驚く二人。そして揃って二人で首を横に振った。しかしそんなことは無視して桃江は、ぼんぼりが付いた赤い毛糸の帽子を時子の頭に深々と被せた。

「桃江さん、あんたは関係ねえで、家で待ってたほうがいい」

桃江をかばうように藤吉が止めるが、桃江は、

「わてもこのうちの家族なら、亡くなったサダコさんもこのうちの家族や」

自分自身思ってもみなかった言葉が咄嗟に出てきた。藤吉と清治もはたと気付かされた様子で二人顔を合わせた。

そして時子をおんぶし、その上から分厚い深い緑色のおんぶばて（ママコート）を着た。桃江は長靴を履きながら、下を向いたまま言った。

「わてもサダコさんの仏前に挨拶に行きたいんです。そんで向こうのお父さんには、許してもらいたいんです」

その固い決心は清治らを納得させ、三人は降り止まぬ綿雪の中、歩き出した。

四人が加藤の家に着いた頃には、昼近くになっていた。

加藤の家は以前、地主をしていて広い屋敷と田畑を持っていたが、最近の農地改革で田畑をただ同然で解放され、今では庭が畑になり、屋敷といえる家屋には、あちこちガタがきていて手入れがなされていない様子だった。

藤吉が玄関で声をかけると、長男の嫁が被っていた手拭いを取りながら、迎え出てくれた。そして義父の加藤とは違い桃江に気付くと、

「あらあ、この人が清治さんとこに来なったお嫁さんかいね、可愛らしい子やねえ」

と気さくに話しかけてきた。

戦闘体制で来た桃江は、いささか拍子抜けしたのを感じた。

そう言いながら、その嫁は四人を丁寧に迎え入れ座敷に通してくれた。そして赤く燃えている種火を運んで来て、二つの火鉢に分け入れてくれた。火はピキピキと硬い音をたてて、まだ黒い炭に誘いをかけてきた。

桃江の背中でゆりかごのように揺れて眠っていた時子が、おんぶ紐がほどかれると目を覚ました。慣れない所とあって、桃江にぴったりくっついて離れず茫然としていた。

サダコの父、加藤が座敷に入ってくると重苦しい空気がすうっと流れた。

「加藤はん、今年はうっかりとしてしもうてほんとに申し訳ねえです」

藤吉が開口一番詫びを入れ、清治と共におでこを畳にぶつけるほどの勢いで下げた。桃江も覚悟をしていたので、後を追うように真似た。

そのせいで時子だけが頭を上げていて加藤と目が合った。

「時子も来てくれたんか」

場の空気とは正反対の甘い言葉が、加藤の開口一番だった。時子は何も言わず加藤をぼうっと見ていたが、

「時子のお母ちゃんな、時子が来るの待ってたんやぞ。さっ、お母ちゃんに時子が来た

よって言ってやってくれ」

と甘く言いながら加藤は手を差し伸べた。

時子は条件反射なのか、「お母ちゃん」の言葉に引かれたのか、縋り付いていた桃江の腕を静かに離して、加藤の前に立った。

桃江ら三人は、黙ってそれを見ていた。

そして加藤は、時子の肩を持って仏壇の前に連れて行くと、膝を突いて仏壇を見上げた。

「サダコ、時子が会いに来てくれたぞ。時子おっきくなったなあ。よかったなあ」

としみじみ話しかけた。加藤は泣いているのか、背中が震え鼻をすすっていた。

桃江はこの様子を見て、この人はこれを望んでいたのだと納得し気持ちが和らいだ。

すると今度は清治が、持参した数珠を持って仏前に歩み寄り時子の横に座った。そして数珠を持って手を合わせると、

「サダコさん、今年は遅れてしもて申し訳ない、すんません」

と言って、合わせた両手に額を付けた。

清治とサダコは、夫婦だったといっても、ほんのひと月しか一緒にいなかったので、清治の言葉は他人行儀な挨拶になってしまった。

しばらくして加藤は嫁を呼び、時子に何か温かい物でも食べさせてやってくれと、連れて行かせた。すると膝を翻して表情を一変させた。そして皮肉を込めて言った。

「新しい嫁とったら、もうサダコのことはどうでもようなったんやの。はよう忘れてしまいてえと思ってるんやろうで」

清治は慌てた様子で、

「そんなはずがあるかいね。サダコさんのことは一日たりとも……」

と言いかけて、話が止まってしまった。

実際桃江が来てから、サダコを思うことが少なくなったのは確かだと、清治はここに来て気付かされた。

それは藤吉も否めないと思ったか、沈黙で表わした。

ほらみたことかと加藤は嫌みなまま、

「あんたらこうやって、揃って幸せ振りを見せつけに来たんか、サダコを見殺しにして、死んでまでサダコに恥かかせるんか！」

語気を強めた加藤の形相は、眉間に深い皺を作りあげ唇を吊り上げ、眼つきは藤吉らを睨みつけていた。

再び藤吉と清治は、畳の上だが土下座の如く陳謝した。しかし桃江は、

「違うんです。わてがどうしてもって、頼み込んで勝手に付いて来たんです」

慌てて誤解を解こうと叫んだ。加藤はフンと鼻を鳴らして、口をへノ字にした。

続けて桃江は、膝を加藤に向け少しにじり寄って言った。

「今日はサダコさんの仏前で、お父さんにも許しを乞いとうて、時子ちゃんと一緒に挨拶に来たんです」

決然とした態度に、一同が驚いた。

しかし加藤は納得いかず、

「時子を連れてくれれば、わしが許すとでも思ったんか、不憫な子供を利用しやがって、なんて図々しい嫁や！　これからこの嫁に時子は苛められ続けるんでねえか」

言葉の刃を思う存分振りかざした。

さすがの桃江も刃が胸に突き刺さり、傷ついて言葉を失った。

黙りこくっていた清治が、桃江に刺さった刃を抜いてくれた。

「この子は桃江といいます。桃江は時子にほんとに優しく接してくれます。面倒もしっかり見てくれてます」

「今だけじゃ、今に化けの皮剝がれてくる。そのうち子供でもできたら、時子は邪魔者扱いじゃ」

加藤は再び刃を桃江に向けた。

すると今度は藤吉が言葉を挟んだ。

「悪もんは、わしだけにしてもらえんかね、清治もましてや桃江には、なんも関係ねえんやで。あんたの恨みはみんなわしがしょってくんで……この通り頼んますわ」

と言いながら、また平に陳謝した。

返す言葉がないのか、

「みんなして、わしを悪もん扱いして」

加藤の悪あがきが続く。

桃江は少しドキリとして、自分の子供と時子を同じ愛情で育てられないかもしれないと不安にもなったが、二人の援護で勇気が湧いてきたのか、桃江はしっかりと話し始めた。

「お父さん、わてかって吉田家に嫁に来た以上幸せになりたいんです。ほんでも時ちゃんを苛めて幸せになれるとは、これっぽちも思ってません。かと言ってこれから時ちゃんを上手に育てていく自信もありませんけど……」

と言って桃江は首を傾けた。しかしまた顔を上げて話を続けた。

「ほやで、時ちゃんの本当の母親になろうとは思うてません。本当の母親はサダコさんだけやと時ちゃんにずうっと言い聞かせていきます。わては仮のお母ちゃんとして通します。こうして命日には、必ず手を合わせに連れて来ます」

更に桃江はにじり寄る。

「ほうやで、わてを……わてを清治さんの嫁にさせて下さい。わてら家族が幸せに生きていくことを許してください。お願いします」

泣いて縋るとは、こういう状況をいうのだろう、桃江は加藤に涙ながらに両手を突いて哀願した。

その桃江の叫びともいえる大きな震える声が、時子の耳に届いたのか、バタバタと飛んで来た。そして頭を下げて許しを乞う桃江の所に真っ直ぐに走り寄り、何も言わずに桃江の肩を抱いて大きな声で泣き出した。

みんな驚いたのは当然で、桃江は「心配ない心配ない」と言いながら、時子を膝の上に抱いて時子の背中をぽんぽんして宥めた。

さすがの加藤もこれには勝てずに、黙りこくっていた。

今度は清治が話し始めた。

「桃江は、うちの家族になりました。そんで桃江は言ってくれました。サダコさんも家族やって、ほやさけ家族みんな仲良うしたいと思うて、こうしてよせてもらいました」

と、もうすでに落ち着きを取り戻していた。

するとそこに男が一人座敷に入って来た。加藤の長男だった。清治と藤吉は軽く挨拶をした。その長男も会釈をし、父親に向かって静かに言った。

「お父っちゃん、もういい加減許してあげねの。お父っちゃんかて十分わかってるやろ、サダコが死んだのは、藤吉さんのせいでないことぐらい。ここまで無駄に人を恨んでると逆にサダコが可哀そうやで。吉田家のみんなをもう苦しめんといてって、きっと言ってるんでないか」

彼は聞こえてくるこれまでの会話に、終止符を打ちにやって来たのだった。

そして父親を宥めるように優しく言った。

「怒りの矛先を吉田さんらにぶつけても、時子を苦しめるだけや、時子をこれからも、大事に育ててくれるって言うんやで、安心してお願いしようさのお」

息子にまでそこまで言われた加藤は観念したように、胡坐をかいたまま、組んでいた腕を解いて首を落とした。

心晴々となった清治と桃江は、帰りにそのまま正月の買い物に町に出た。藤吉は小遣いと言って千円札を何枚か桃江に渡し、機嫌よく一人帰って行った。

三人は水入らずの外出ということも手伝って、うれしくてついつい買い過ぎてしまった。昆布巻きの鰊と昆布、口に縄を通した新巻鮭、黒豆に大量の砂糖、と二人は正月に思いつく料理の材料を次々に仕入れた。そして桃江は、藤吉や清治、時子の新しい肌着や、洋服も奮発した。

時々行き交う人混みの中、時子を見て振り返る人や、指さす子供がいたが、桃江は全く気にせず時子の手を引いて堂々と歩いた。

大晦日、村のあちこちで、餅米を薪で蒸す煙や蒸気が細く上がった。桃江の家でも一斗分の餅を搗いた。搗きたての餅は赤ちゃんのほっぺのように柔らかく喉越しよく、大根おろしや、甘いきなこにつけて食べると本当に旨かった。藤吉は餅を飲むように幾つも食べ、時子も口の回りをきなこだらけにして頬張った。

桃江は餅搗く清治と呼吸を合わせながら、合いの手を出して、餅が臼や杵にくっ付かないように水を含ませた。大豆やヨモギ、赤や黄色の食紅を入れて、かき餅用の餅もたくさん搗いた。

藤吉は苦笑いしながら、

「京子は色気より食い気やな。嫁に行ってもほんなガツガツ食ってたら、婿さんに嫌われるぞ」

とからかい言うと、自覚しているのか京子は、

「大丈夫や。心配せんでも初めの内は、ちゃあんと猫被ってるで」

皆一斉に笑った。

家族の楽しい一大イベントは、一日がかりの大仕事となった。


年が明けると桃江は妊娠をした。

清治をはじめ家中が喜んだ。勿論桃江もうれしかったが、訳もわからず手を叩き笑う時子を見て、何故か心の奥に、素直に喜べないでいる自分もいた。

啓蟄が過ぎ寒さも緩んだ頃、猫柳や土筆などみんな一斉に芽吹き出し春の歓びを表した。桃江の桃の木も根が付いたのか新芽が吹き出し薄緑色の小さい若葉を付け始めた。桃江はこの木とお腹の子と共に成長していくのだと実感し、成長を楽しみに待つことにした。

そして蛙の卵をあちこちの田んぼで見かけるようになると、桜も蕾を膨らませ、ひばりや雀がぴちぴち鳴きながら忙しく飛び回る。そんな暖かい春の陽気に包まれながら、京子は道具と一緒に歩いて隣村に嫁いで行った。

つわりがひどく気持ちも身体も不安定な桃江は、忙しい田植えの時期だが、家で時子の相手をしながら安静にしていた。そして考えることは、頼りとする京子がいなくなったということ、またこの子供を育てていく上で、サダコの父親が言うように、時子にも同じような愛情を注いでいけるかということ。その不安が桃江に付きまとって離れなかった。何故か夜布団に入ると、自然と涙が流れてきた。そんな時、清治は桃江の肩を抱いて、

「大丈夫や心配せんでもいい、自然にまかせればいいんや」

と言いながら、桃江の髪を静かに撫でてくれた。桃江はいつしか、清治のその言葉を聞

いて安心したいがために、毎晩のように清治に甘えて、髪を撫でてもらった。

夏、桃江のお腹は安定してきたが、暑さと蟬の声がうるさく時折桃江を苛立たせた。首から掛けた手拭いがじっとり湿るほど汗をかいてぐったりすると、清治や藤吉はたらいに冷たい井戸水を張り、畑で採れた西瓜や胡瓜、トマトなどを冷やして勧めてくれた。桃江はお腹が冷えないようにと気遣いながらも、時子につられて、しっかり巻いた腹帯が切れそうなくらいに食べた。

また気が滅入った時は、清治が夕涼みに誘ってくれた。時子と手を繋ぎながら、月明かりだけの薄暗い畦道を歩いていると、田んぼや小川の上を蛍が飛び交い、桃江らを和ませてくれた。清治がその中の一匹を、両手で囲むように捕まえて、時子の目の前でそうっと、指を開いて見せてやった。すると清治の手の中で光った、青とも黄色ともいえる優しい光が、喜ぶ時子の鼻のあたりをぼんやりと明るく照らした。そしてその蛍は、羽根を広げて飛び去っていった。

桃江はその蛍を見送るように空を見上げ、ぽっこり膨らんだお腹を摩ると、中の赤ちゃんも機嫌がいいのか、ぐうっと手足を伸ばしているように動いた。桃江は清治と時子の手を取り、自分のお腹に大小二つの手を当てた。三人は命の誕生の喜びを共有して、絆がまた深まっていくのを肌で感じた。

盛り上がるような入道雲が姿を消し、鰯雲が空高く列になって広がると、空気が秋の匂いを漂わせ始めた。

桃江は清治や藤吉に気遣われながらも、一通りの野良仕事をこなしていた。実家の母真知子からも「出産は病気でねえんやで、無理せん程度に仕事せんとあかんよ」と言われていたせいもあり、積極的に身体を動かした。

そして稲穂が黄金色になり垂れる頃。

その日は朝から風が強く台風を予告していた。藤吉は稲刈り間近の身重の稲が、強い雨風で潰れてしまわないかを気にして、あちこちの田んぼを行ったり来たりしていた。

昼を過ぎると雨も降り出し風もいよいよ強さを増してきた。台風が呼び起こす、あのざわざわとした胸騒ぎが時子にも感じられるのだろうか、半べそをかいて桃江にくっついて離れなかった。

桃江は桃江で下腹が何だかずっしりと重く感じ、いつもとは違う違和感を覚えていた。

家を心配して清治も仕事を切り上げて帰って来た。夕方には家が傾くほど風は強まり、台風という暴君は思う存分暴れまくった。

不安絶頂の時子は、わあわあ喚きながら一層桃江にしがみついて桃江を困らせた。桃江はお腹の異変を清治に伝えたかったが、清治も藤吉も家が倒れないようにと、合羽を着て外に出て長い板や竹でつっぱりをするのに奮闘していた。

だから不安を抱えながらも、家の揺れと時子の異常な程の怯えに、どんと構えていた。

しかしヒューヒューゴーゴーと唸りを強め家のあちこちでギーギー軋む音、お背戸の木がめきめきバキッと折れる音、その倒れた木が屋根にぶつかり、瓦が割れガラガラガラガシャンと滑り落ちる音、小石か小枝でも飛んできたのか小屋の方で窓ガラスがガシャアンと割れる音。まさに悪魔が襲ってきたような時空の中で、時子は想像以上の力で桃江にしがみ付き桃江のお腹を圧迫させた。桃江自信も時子を強く抱きしめ力が入った。するとやはり、桃江が「あっ」と思った時には、もんぺを濡らし一気に破水をしてしまった。

しかし時子はそんなことには全く気付かず、桃江にしがみ付いてお腹を圧迫させる一方だった。桃江は時子を宥めながら離そうとしたが、怖がる時子は離されまいと必死にしがみ付く。

「時ちゃん、頼むで手を離して。わてお腹が痛うてかなわんが」

「いやあ、いやあ」

言うことを聞かない時子。すると下腹に重い痛みを感じ、桃江は陣痛が始まったと思った。

「時ちゃん、お父ちゃん呼んできて、はよう」

桃江は叫んだ。強く叫んだ。

「赤ちゃん産まれるで、お願いやで、お父ちゃんて呼んで」

痛みに苦しみながら、桃江は声を振り絞った。

そして懇願しながら、時子の肩を自分から離そうとした。しかしそんなことを理解できるはずもない時子はただ「いやあ、いやあ」と泣き叫び桃江に強くしがみ付くだけだった。

そんな二人の叫びは、外の二人には届かず、清治も藤吉も荒れ狂う悪魔に勇猛果敢に立ち向っていた。

桃江の陣痛は痛みを増し、脂汗が噴き出ていた。もはや台風の恐怖心は吹っ飛んでいた。

「清治さあん、清さあん、清さあーん」

桃江の弱々しい叫びも届かない。

「お母ちゃん、お母ちゃん」

と言いながら泣きわめきしがみ付く時子。

「時ちゃん、痛い痛い、腹痛い……赤ちゃんが、赤ちゃんが」

泣きながら時子を離そうとする桃江。

陣痛は間隔を縮め、痛みも長くなり、遂には生ぬるい物が、ふわっともんぺの中で出てきたのを感じると、桃江は出血に気付いた。桃江は不安とお腹の激痛で、何もかも投げ出すように、

「時子！　離れって言ってるのが、わからんのか！」

と言いながら、時子を両足で蹴り離した。その渾身の力みで、下からの出血が縁の板を赤く染め広げた。

桃江は、「清さん」と言いながら、気を失ってしまった。驚いたのは時子。桃江に突き放されたのと、桃江の下半身が血の海になっていることに何が起こったのか全くわからず、

「ぎゃあー」

と別の恐怖で泣き叫びながら、四つん這いで流し台の隅に逃げて行った。そこから時子の尋常でない泣き声が、やっと清治に届いたのか、慌てて家の中に入ってきた。

縁の上で血だらけになって倒れている桃江を見た清治は青ざめ、しまったという思いで叫んだ。

「桃江！」

汗と涙と頬まで血に染めた桃江を抱き起こして「桃江！　桃江！」と遠く名前を呼ぶ清治の声が聞こえたのか僅かに目を開けた桃江は、「赤ちゃんが」と弱々しく言いかけてまたすうっと目を閉じた。


桃江が目を覚ましたのは、それからだいぶ経った病院の畳敷きのベッドの上だった。

ずっと付き添っていた清治がそれに気付き、

「桃江……目、覚めたか、大丈夫か、どっか痛えとこねえか？」

心配そうに桃江の顔を覗いて頬を撫でた。

桃江は我に返ったのか、目をしっかり見開いて、自分のお腹を確認しようと手で探った。

が、ぺたんとなったお腹に驚き、

「あ、赤ちゃん。産まれた？　もう産まれてもた？」

と心配そうに清治の顔を見た。清治は目を背け、

「すまん！　すまんな。すまんな桃江」

謝る言葉しか出てこない清治に、桃江は全てを理解した。死産だった。そして少しの間を置いて唖然としながらも言った。

「何で？　何でやの！　わて一所懸命清さん呼んだんやで！　はよ来て、はよ来てって思いながら、時ちゃんはしがみ付いてわてのお腹押さえ付けてくるし、痛うて痛うて……清さん、清さんって、何べんも何べんも、何で来てくれんかったの」

ついには、泣きわめきながら、清治の胸を叩いた。清治はただ「すまん、すまん」と泣きながら受け止めるのが精一杯だった。

退院した桃江は実家に居た。身体の傷より心の傷の方が深く、両親も心配してしばらく養生するつもりでと勧めてくれた。

桃江は日中ほとんど喋らず、時々思い出してはしくしくしく泣いていた。真知子は精のつく物をと卵を焼いたり肉などを煮て食べさせた。

ある時桃江は、胸がちくちくして痛いような感じがすると真知子に話した。真知子は、はたと思い涙ぐみながら言った。

「あんたも母親になったんやの」

それを聞いた桃江は、母乳で胸が張ったことに気付き大声を出して泣いた。

「赤ちゃんに申し訳ないわ！　わてが初めに腹の調子悪いこと清さんに言っとけば良かったんや。清さんがはよ来てくれんかったで遅れてしもたんや。時子が阿呆でわてのお腹押さえ付けたで赤ちゃん苦しませて、死なせてしもたんや」

後悔しきれない程、桃江は苦しんだ。

そして清治が見舞いに来ても殆どしゃべらず、目も合わせることはなかった。

初めは両親も桃江に同情して、見舞いに来る清治に文句を言っていたが、桃江があまりにも心を閉ざしているので心配になってきた。

二人は桃江の気持ちを確かめようと、聞いてみた。桃江は少し間を置いて、ぽつりと言った。

「わて、もう戻りとない。ここに居させてや、もうなんか自信がないもん」

そうかやっぱりと、予測していた源太郎。そしてまた少し間を置いて、諭すように喋り出した。

「桃江はよう頑張った。時子ちゃんのこと話してなかったのに、知らんかったのに、あれはお父ちゃんが悪かった。うん。ほんでも、よう尽くして面倒見てくれてたって、藤吉はん関心してなったぞ」

源太郎の言葉を遮るように、桃江が急に声を荒げて食ってかかった。

「ほやあ、お父ちゃんが初めに言ってくれてたら、あんなとこ嫁に行かんで、こんな目に遭わんで済んだのに！」

言った後に桃江は源太郎に八つ当たりをしていると思い後悔した。その後源太郎も黙ってしまったが今度は真知子が静かに話し始めた。

「母親として桃江の気持ちはようわかる。赤の他人の時子ちゃんの面倒も考えると、帰りとないのは当然や。親としてほんなとこ行かんでいい、この家に居ればいいって言いてえわ。ほやけど桃江、それでいいんか？　桃江は清治さんの嫁になったんや。清治さんに惚れたで一生懸命時子ちゃんの世話して、藤吉さんの手伝いしてたんでねんか？」

涙ぐみながら黙って聞く桃江。続ける真知子。

「桃江はもう清治さんのこと嫌いになったんか？　もうなんとも思わんのか？　赤ちゃんは残念やったけど、清治さんとも縁を切ってもいいんか」

そして源太郎もお茶を少しすすって言った。

「清治はんな、うちに来る度に玄関で頭下げて、帰る時にも桃江をよろしく頼むって深々

と頭下げて帰んなはるんやぞ。勿論お前連れて来た時は、自分の不注意で過ちを犯しても
たって、泣いてお父ちゃんらに土下座して謝ってな。桃江、どう思う？」
ほろほろこぼれる涙を抑えきれず、桃江は声を出して突っ伏した。

ひと月半が経った。桃江は未だ実家に籠もっていた。心が湖の奥深くに沈んでしまった
かのように、どうしても引き上げる力が湧いてこなかった。
時々、ふと嫁ぎ先の稲刈りや脱穀など昨年の苦労と収穫の喜びを思い出し、気にはなっ
たが、まだ清治や時子を許せない気持ちでその懐かしさは払拭された。
そんな頃、夕方になって、藤吉がひとり米を担いで訪ねてきた。やっと台風で潰れた稲
刈りを終え、脱穀したばかりの新米だと言って、二俵もの麻袋を担ぎ、五キロはある山道
を腰を曲げ、汗を吹き出しながら歩いてやってきた。
仕事から帰宅したばかりの源太郎と真知子は驚き慌てて藤吉の背の米袋を下ろしてやっ
た。

そして、藤吉の労をねぎらいながら、冷たい水と熱いお茶の両方を差し出した。

しばらくして、落ち着いた藤吉は、かいていた胡坐をほどいて正座に直った。

そしてかしこまって、手を突いて頭を下げた。

「この度は、娘さんをとんだ目に遭わせてしもうて、申し訳ねえこってす」

藤吉は頭を畳に付けたまま続ける。

「おれは、息子の前の嫁も助けてやれず、時子も治してやることができんかった。その上、桃江さんまでも赤ん坊を死なせてしもた」

と言って頭を少し上げ悔しがり、膝に握り拳をのせた。そして更に続けた。

「わしが家族の不幸を引き起こしたんや。ほやで、わしは家を出ようと思って」

源太郎と真知子は、顔を見合わせて驚いた。

「山にでも籠もって生きていこうと思ったんです。なあに田んぼや畑はちょっと山から出てくるだけやで。そしたら息子が言いましたんや。自分らと時子はまぎれもねえ親子なんやで、これからの運命を背負っていける。けど桃江は違う。これ以上桃江を傷付けとうないと」

後悔と誠意を以ての決意が滲み出る姿勢の藤吉をどうしても憎む気にはなれずに、源太郎夫婦は何も言えなかった。

　藤吉はまた少し頭を上げ言った。

「わしら桃江さんに、甘え過ぎてたんですわ。桃江さんが十分過ぎるほど頑張ってくれたさけ。甘えてしもうたんですわ」

　藤吉は上げた頭を、も一度うなだらせ話を次に進めた。

「それで清治とも話し合ったんですが、お宅さんの方から、三行半を突き付けてもらって、桃江さんを自由にしてあげてえんです。清治も是非そうしたいと言いまして」

　藤吉は淡々と言って、懐に手を入れた。

　源太郎達は、驚いて藤吉の顔を見たが、言葉が出てこなかった。

　藤吉は、三つの茶封筒を出してきた。そして言った。

「これは、清治の手書きの離婚証明書。これは、少しですが慰謝料です。そしてこれは、清治から桃江さんにと預かった手紙です」

　と、ひとつひとつ座卓に置きながら、言った。

　真知子が慌てて、

「ちょっ、ちょっと待ってくださいね。そんなんでいいんですかねえ」

と言いながら、源太郎の腕を摑んで返事を促した。源太郎はなかなか答えることができなかったが、渋るように言った。

「吉田はんの決心はようわかりました。一応今日は預かるということで、まだ本人にも話してみんとあかんしね」

藤吉は納得して、暗くなった道を帰っていった。

桃江は藤吉が帰ったことを確認して、台所に出てきた。

「お義父さん、もう帰んなったんやろ。なにしに来なったの？」

と言いながら、無表情のまま夕飯の支度を手伝おうと、割烹着を首にかけた。

すると源太郎は、こっちに来て座るようにと静かに桃江を誘った。

そして冷静に、座卓に並んだ三つの茶封筒の説明をした。

すると生気のない桃江の顔が、急に目を開き口を半分開けて強張った。その表情に反して源太郎は淡々と言った。

「お前をもう自由にしてやりてえんやと」

みるみる流れ出る涙を隠すように、桃江はその三つの封筒をまとめて鷲摑みにして、自分の部屋へ突っ走って行った。

離婚証明書

私吉田清治は、桃江さんに重労働をさせ、知能の遅れた血も繋がらない娘の世話を全て押し付けてしまいました。その上、もうすぐ産まれてくる赤ん坊まで死なせてしまいました。よって心身ともに桃江さんを傷つけてしまったことを心からお詫びいたします。これをもって離縁を証明いたします。

今後別の人と再婚してもかかわることは、一切いたしません。

あまりの突然過ぎる宣告に、桃江は戸惑いながらも、勝手に離婚されてしまったのかと、怒りが湧いてきた。そして清治からの手紙を手に取った。桃江はこれには清治の帰ってきて欲しいという本音が書いてあることを願って広げた。

桃江さんへ

桃江さんには本当に感謝しています。

本当にありがとう。

あんたは本当に頑張ったよ。ガンバッテガンバッテ、きっと自分が思っている以上に頑張ったんだと思う。

そうゆうあんたにオレは、甘えてたんや。

甘えて自分だけが有頂天になり、あんたを苦しめ傷つけてしまった。

もうこれ以上あんたを苦しめとうないんです。

今すぐにでも自由にしてあげたいんです。

オレらのことは早う忘れて、新しい人生を、幸せな人生を送ってください。


桃江は、「なんでなんで」と言いながら泣いた。清治の優しさの表われであるこの手紙も、桃江にとっては裏切りか清治に嫌われたとさえ思った。

そして袋に入ったお金を見ると、封筒ごと握りしめ、

「わては、お払い箱ってことですか」

と言って、気が抜けたようにぺたんと座り込んでしまった。しかし流れる涙が感情の起伏を激しく波打たせ、今度は、

「清さんの馬鹿、清治のあほんだら、こんなもんこっちから願い下げや」

と力を込めて罵った。そして清治からの手紙を今一度広げて吐くように言った。

「こんな嘘っぱち書いて、嫌になったんなら、嫌やって言えばいいのに……卑怯や」

その手紙は、勢いよく丸められ、部屋の襖に投げつけられた。

かわいさ余って憎さ百倍といったところだろうか。「せいせいするわ」と言うか言わないかのうちに、転がった手紙を四つん這いで取りに行くと、今した自分の行動とは逆の行動をとった。くちゃくちゃの手紙を膝の上に置くと丁寧に掌で伸ばし涙の頬にあて、愛おしく言った。

「清さん、清さん」

桃江はその続きの「会いたい会いたい」を心の中で、身体で自分自身が強く感じていた。


次の日桃江は、清治に手紙を書き、父にこと付けた。

そしてその次の朝、帰る支度が整った桃江は源太郎と外に出た。うっすらと靄がかかり、空気はひんやりとして桃江の顔にまとわり付いた。

真知子は、安堵の表情で、

「行っといで、今日があんたの本当の嫁入りや」

と言って、桃江の伸びた髪を撫でた。

「長い間お世話になりました。お母ちゃんありがとう」

と意味深に挨拶すると、うっすらと微笑んだ。

源太郎の「行こか」の言葉に無言で答える桃江。二人はハイヤーで村の峠まで来ると、源太郎は車を止めさせ二人は降りた。

そして、優しくしかし力強く話す。

「ここからは、一人で行ってこい。こっから先はもうお前の村や。田んぼも鎮守の杜も川も堤防も皆お前が住む村のもんや。お前はここで清治はんと暮らしてくんや。強い風やら雨が降ってもお前はここで清治はんと頑張っていかんとあかんのやぞ」

と、父親の送り言葉に勇気付けられた桃江は、大きく頷いて、

「お父ちゃん、心配かけてごめんの。こっからわて、一人で歩いて帰るわ」

力強く応えて桃江は踵を返し、決然と歩き出した。

峠だけに霧がまだ濃くかかっていたが、源太郎は、白霧の世界に消えていく桃江を祈る

ように見送った。

桃江は、期待と少しの不安を胸に膨らませ、しっかりと歩いて行った。

向こうの方でうっすらと人影が見えた。

時子と手を繋いだ清治の姿だった。

桃江は湧き上がる思いで涙が溢れ、手を振らずにはいられなかった。

向こうも桃江の姿がわかったのか、時子が「お母ちゃーん」と言って清治の手を離し走り寄ってきた。桃江は時子を抱いて受け止め、

「時ちゃんごめんの。ごめんの時ちゃん」

と言うと、時子も、

「お母ちゃんえんで、時子泣いたわ。いっぱい泣いた」

と寂しさと安堵感を露わにした。

清治も流れる涙を拭いながら、両手をいっぱいに広げて、桃江を迎えた。そして桃江と時子を黙って包むように抱きしめた。桃江も何も言わず清治の顔を見て涙のまま微笑んだ。

二人とも言葉は交わさなくてもよくわかっていた。

清治は桃江からの手紙を握りしめ、桃江に見せながら、

「おかえり、桃江」

その声は、愛に満ちていた。

「お父っちゃんも首をなごうして、待ってるで」

桃江が書いたその手紙には、三つの条件が書かれてあった。


お義父さんが、前と変わらず優しく家の事を何でも教えてくれること。

時ちゃんが、あの日私がしたことを許してくれて、待っていてくれること。

そして……そして清さんが、両手を広げて、私を迎え入れてくれること。

この三つの条件が一つでも欠けていたら、私は、そのまま黙って実家に帰ります。


桃江の胆を据えた力強い内容だった。

時子を挟んで三人が手を繋ぎ村に帰ってくる頃には、霧はすっかり消えていた。

懐かしい我が家が見えてくると、藤吉が待ち切れず、玄関先で落ち着かない様子で立っていた。桃江は込み上げる感激を弾かせるように、片手を大きく振り上げ、

「お義父さん、ただいま帰りました」

この一言でみんなの全部が吹き飛んだ。

桃江がふと庭先に目をやると、去年植えた桃の木があった。彼女は冬に備えて既に眠りに入っているようで、ひっそりと佇んで、桃江の帰りを待っていた。

桃江は、来年には花が咲いてくれるだろうかと、期待して家の中に入っていった。

高い空の雲の隙間から朝日が差し、村にいくつもの巨大な光の柱を作りだした。そして晩秋の一日を彩り始めていた。


（了）

やまなし文学賞の概要

　本文学賞は、山梨県と深いゆかりを持つ樋口一葉の生誕百二十年を記念して、平成四年四月に制定されたもので、山梨県の文学振興と、日本の文化発展の一助として、小説部門と研究・評論部門の二部門を設けている。主催は、やまなし文学賞実行委員会。山梨県・山梨県教育委員会・山梨日日新聞社・山梨放送が後援。山梨県立文学館に事務局が置かれている。

　やまなし文学賞実行委員会は、三枝昻之山梨県立文学館館長を実行委員長とし、委員を廣瀬直人氏（俳人）、野口英一氏（山梨日日新聞社社長・山梨放送社長）、今村睦氏（山梨日日新聞社常務取締役）、松谷荘一氏（山梨県知事政策局長）、阿部邦彦氏（山梨県教育委員会教育長）が、監事を小林弘英氏（山梨日日新聞社編集局長）、小澤祐樹氏（山梨県教育委員会学術文化財課課長）がつとめている。

　第二十四回目の今回、小説部門では全国四十七都道府県および海外二か国から、二五九編（うち男性一八九編、女性七〇編、県内在住者は二五編）の応募があった。

　選考委員の坂上弘、津島佑子（今回選考会後、逝去）、佐伯一麦の三氏による選考の結果、やまなし文学賞に山本淳子氏（福井）「彩りの郷にて」が、佳作に真野光一氏（北海道）「風の町」と原雪絵氏（北海道）の「山霊観音」が選ばれた。

「彩りの郷にて」は三月十二日から四月五日まで二五回にわたって山梨日日新聞、また同紙ウェブサイトに掲載された。

やまなし文学賞実行委員会事務局
〒四〇〇―〇〇六五
甲府市貢川一丁目五―三五
山梨県立文学館内
電話（〇五五）二三五―八〇八〇

選評

坂上　弘

　山本淳子氏の受賞作「彩りの郷にて」は一見旧い日本の家族をえがきながら、したたかな肯定がある。主人公の桃江は父の決めた障害のある前妻の幼児のいる一家に嫁いで行く。彼女の無垢がくみこまれて行く生涯がテーマである。明治から昭和への近代、戦時をへても家族の保全、ありよう、生活倫理感情など、つまり掟がごく当たり前に描かれていて古くさくない。今でもわれわれは、こうした家族存続主義を根底に肯定している、と思えてしまうことに驚く。そして封建社会から戦後の社会制度の変化のなかでも存続してほしい〝日本の家族〟をいまどう守りたいのか、この作者のねがいに寄り添いたい気持ちがわいた。

「風の町」の真野光一氏が描きだす〝日本海に面した道北の、半農半漁の町〟が曲者だ。作者が通り一遍の目で自然を見ていない。父親を遭難で亡くした青年、主人公の高校生の女性も母親を見失っている。彼女の友人の兄も消息不明。これらの喪失を耐える人々をうめる言葉をさがして行くのがこの作品である。この友人の青年がいう、意識の二重三重の構造、それが解れば、亡くなった父親も存在する。人間は離れればなれになる存在。それをつなごうとするのが、意識の伝達の成否である人間のコトバだ、と作者は訴えている。

　原雪絵氏の「山霊観音」は、炭坑の町に育った介護士の終の棲家となったいきさつに好感がわく。彼女の父は、秋田から炭坑に働きにきた農家の四男坊。母がいま末期癌のステージ4で半年の余命しかない。この母子を捨てて出て行ったと思っていた父が三十五年経って裏山で白骨となって発見されるのだが、母との別れも突然やってくる。全体に抑えた筆づかいが、作者の見つめる観音像に向いていく。聞こえるのは鎮魂歌であろう。

感想

佐伯一麦

　受賞作「彩りの郷にて」は、最も感情を揺さぶられた作品だった。知恵に遅れのある子供がいるとは知らされずに後妻として嫁いだ主人公の桃江をはじめ、農協勤めをしている心優しい夫の清治、舅の藤吉、清治の娘の時子、小姑の京子、そして清治の前妻の父で複雑な思いを吐露する加藤に至るまで、登場人物たちが生き生きと丁寧に描き分けられていた。戦後間もない時代の家族の物語で古風に見えるものの、皆が解決の付かない何かを抱えて生きている姿は、特に震災後の現代にも通じるように感じられた。問題が起こるたびに、正面突破で乗り越えようとする桃江の姿に、読んでいて声援を送りたくなった。

　佳作の「風の町」は、北海道の風の強い港町の様子がよくとらえられていた。我々の住む世界からは確認できない別の世界の存在があるかもしれない、という認識が作の底部に据えてあり、なかなかの意欲作と読んだが、五次元の世界という理論が作中でよくこなれておらず、いくぶん老成しているように見える主人公の高校生の女性は作者の反映のように感じられた。もう一つの佳作「山霊観音」は、主人公が老人福祉施設で働く様子にリアリティがあった。施設で起きた傷害致死事件と父親の失踪、その二つの事件の真相の究明が軸となって物語が展開し、どちらの事件も完全に解決されず、謎解きの一歩手前にとどまる作風は余韻があった。主人公の母親の、受け身と見えながら毅然とした死生観にも心打たれたものの、やや話を詰め込み過ぎた感があるのが残念だった。

受賞の言葉

山本淳子

福井県在住。パート。

山梨の皆さんこんにちは、はじめまして。私は福井県在住の山本淳子と申します。この度は山梨の方々が私の作品「彩りの郷にて」を高く評価してくださり、本当にありがとうございます。吉報を聞いた時は、ウソって思いながら涙が込み上げてきました。

私の作風は壮大なスケールや華美な所は皆無で、緻密な計算もありません。また稚拙な文体もありますが、丁寧に大事に書こうと努めました。

人が生きていく中で、今昔変わりなく誰かを思い、何かを思いそして行動する。これを繰り返し重ねて日々が営まれてゆく。その中で胸を焦がす思いや、激しく揺れる感情に左右されながら、運命とか壁を受け入れ乗り越えてゆく、その人情の機微を描いてみたいと思いました。自分で書きながら何故か感情移入して、心中穏やかではいられませんでした。だから書き終わった時には、安堵感と一緒に寂しささえ感じました。

これを機に山梨に俄然興味が湧いてきました。今度じっくり観光したいと思います。

本当にありがとうございました。

彩りの郷にて

二〇一六年六月三十日　第一刷発行

著　者　山本淳子

発行者　やまなし文学賞
　　　　実行委員会

発行所　山梨日日新聞社
〒四〇〇-八五一五
山梨県甲府市北口二丁目六ノ一〇
電話（〇五五）二三一-三一〇五

ISBN 978-4-89710-636-6

定価はカバーに表示してあります。